KB141730

멀리 보면 아름답다

가끔은 생각을 멈추고 망연히 먼 하늘을 바라볼 일입니다.
하늘에는 구름도 흐르고 줄지어 새들도 날아갑니다.
멀리 보니 하나같이 평화롭게 보입니다.

시인 김소월은 〈산유화〉에서
〈산에 산에 피는 꽃은 저만치 혼자서 피어 있네〉라고 노래했습니다.
꽃도 멀리 두고 봐야 아름답습니다.

산도 멀리 봐야 아름답습니다.
내가 산으로 들어가면 산은 더 이상 그리움의 대상은 아닙니다.
사람도 멀리 봐야 더 아름답습니다.
사랑도 멀리 봐야 아름답습니다.

사람들이 산에 오르는 이유는 멀리 보기 위해서일 것입니다.
높은 곳에서 보면 모든 게 한없이 작고 보잘것없어 보입니다.
그리하여 사랑하던 사람은 더욱 사랑하게 되고
누군가를 미워하던 마음은 시나브로 사라질 것입니다.

멀리 보십시오.
멀리 보면 아름답습니다.
멀리 보면 행복해집니다.

불기 2562년 부처님 오신 날
도연度淵 합장

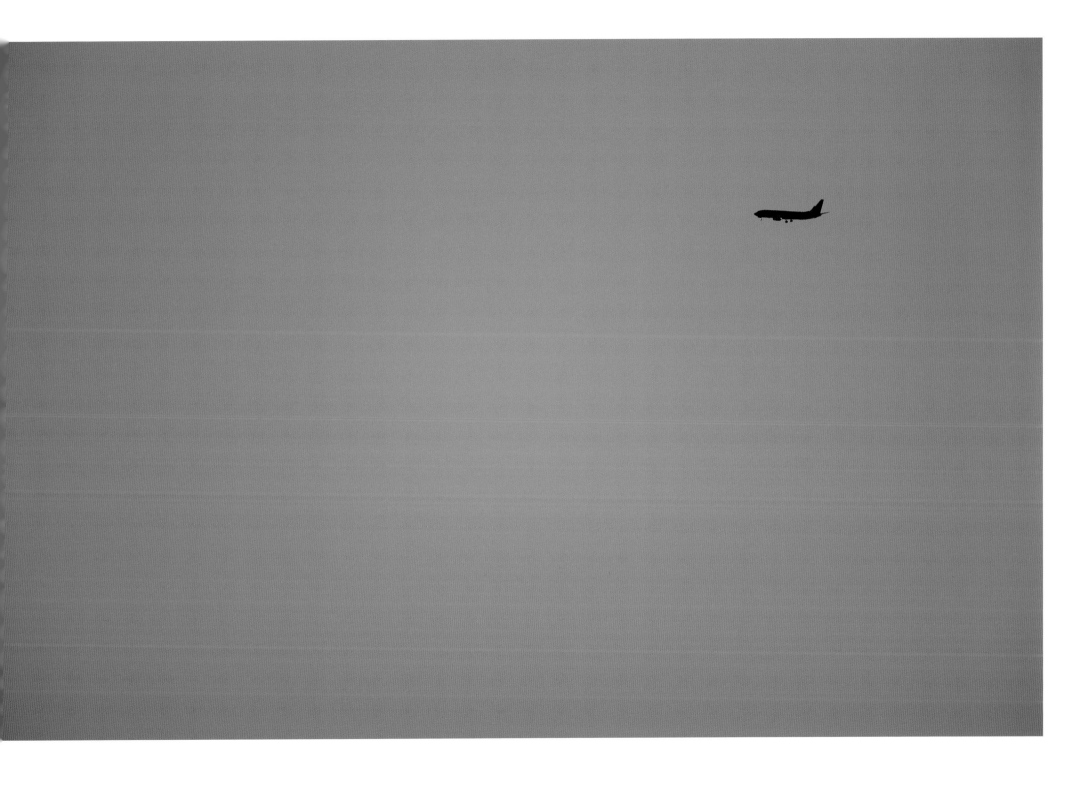

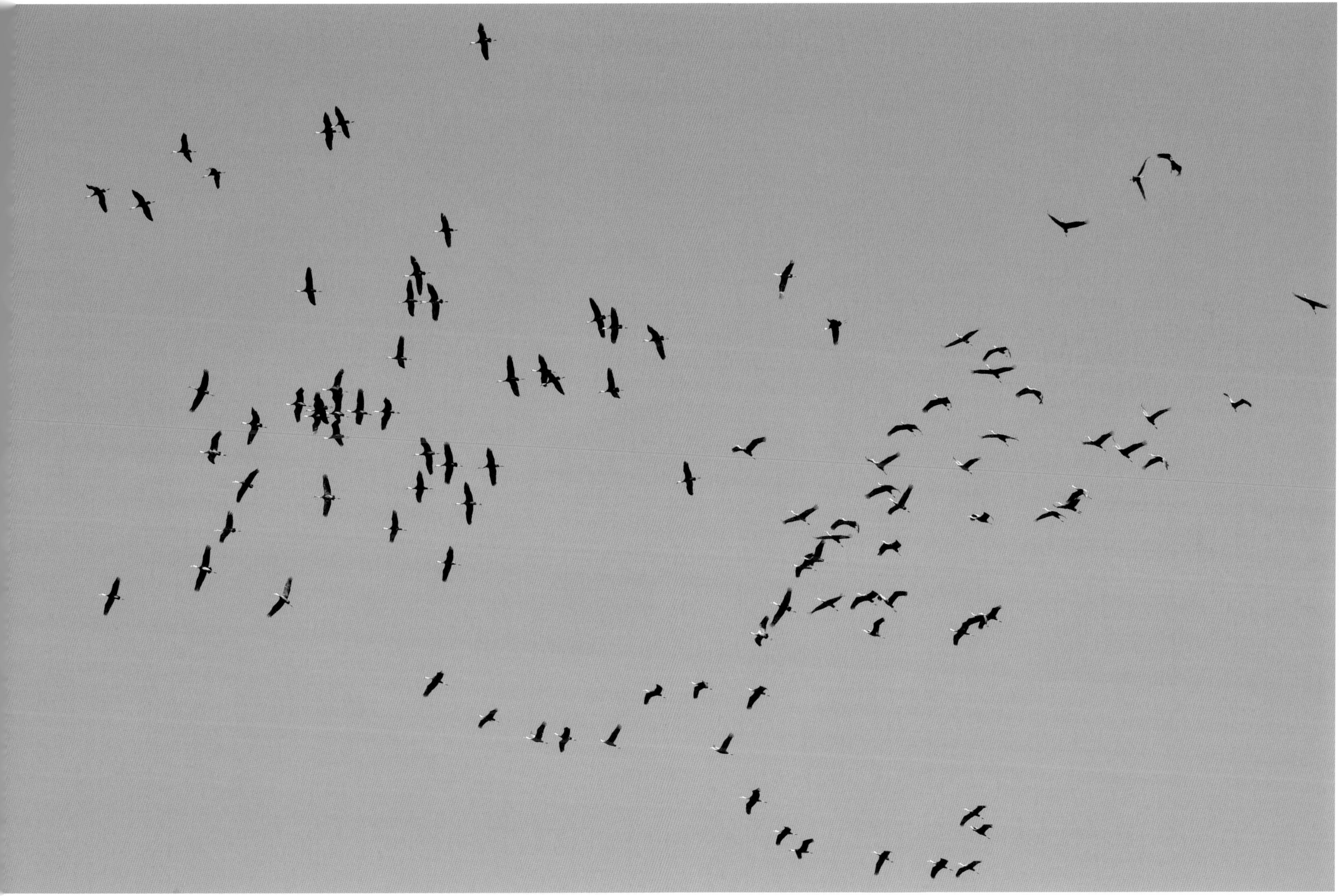

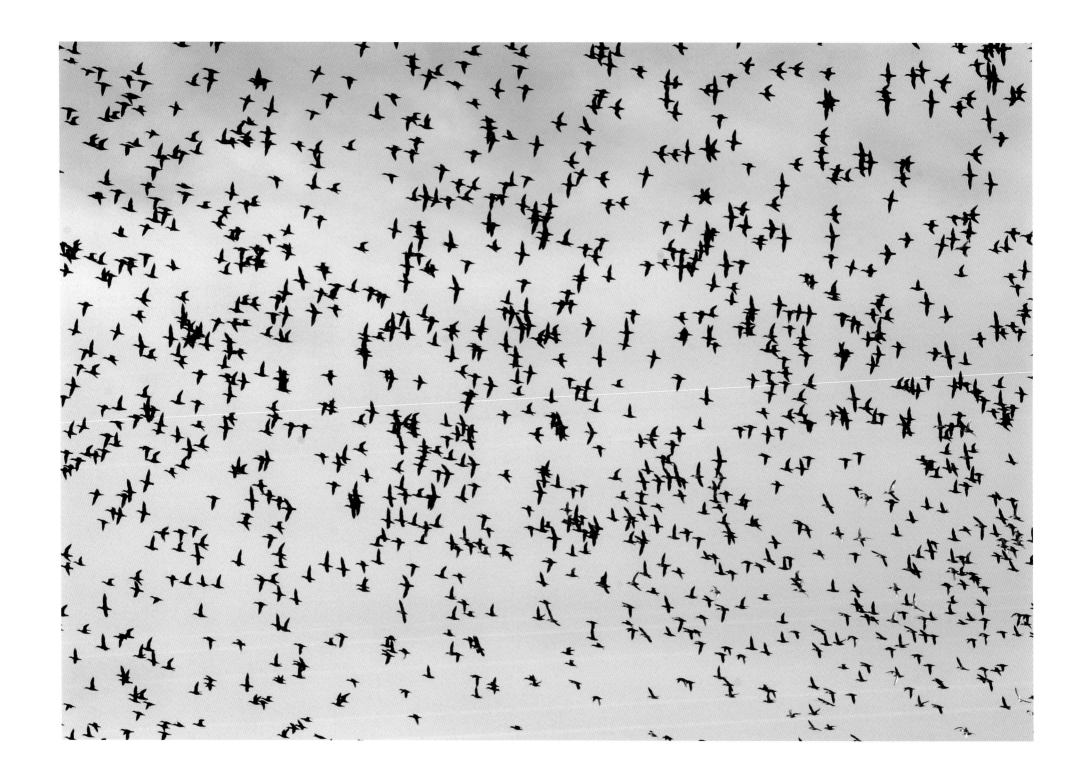

사진 / 도연 스님

경기도 포천시 관인면 해발 870m 지장산 숲에서
산새들을 도반 삼아 수행정진하고 있다.

저서로는
〈나는 산새처럼 살고 싶다〉
〈밥을 먹어야 두루미가 살아요〉
〈철원의 새 두루미〉
〈할머니와 황새〉
〈우리집 마당에 산새들이 살아요〉
〈그래, 차는 마셨는가〉 등이 있다.

조류연구가로서 야생황새를 연구하고 있으며
한일황새민간교류회 한국대표를 맡고 있다.
birds7942@gmail.com

멀리 보면 아름답다
2018년 5월 22일 초판 1쇄 발행

글 · 사진   도연 度淵
펴낸곳   당그래출판사
펴낸이   이 춘 호

등록   1989년 7월7일 (301-2005-219)
주소   04627 서울시 중구 퇴계로32길 34-5(예장동)
전화   (02) 2272-6603
팩스   (02) 2272-6604
E-MAIL dangre@naver.com

「이 도서의 국립중앙도서관 출판예정도서목록(CIP)은 서지정보유통지원시스템 홈페이지(http://seoji.nl.go.kr)와
국가자료공동목록시스템(http://www.nl.go.kr/kolisnet)에서 이용하실 수 있습니다. (CIP제어번호: CIP2018014159)